"La poésie

un refuge dans l

fugue, une cabane

dans la cavale,

une cachette

dans l'échappée !"

W0203797

PAULINE DELABROY-ALLARD

Maison-tanière

L'ICONOPOP

Pour Anaïs, Mathieu, Étienne, Valère et André,
les habitants de la maison tanière
qui, depuis dix ans, m'a accueillie été comme hiver.

Pour toutes les femmes que j'ai la chance d'appeler mes amies.

Les jours absents

Été 2017.
Je passe trois semaines, seule, dans la maison
de mes amis A. & M.
Chaque matin, je choisis dans la vinylothèque
de M. un disque différent.
J'écris un poème dans le temps que dure l'écoute.
Je fais une photographie de la pochette du disque.
Je garde ainsi une trace de ces jours où je m'absente du monde.

DIMANCHE 23 JUILLET

partita numéro deux
en ré mineur pour violon seul
johann sebastien bach
c'est le premier vinyle posé sur la platine
de la maison tanière où je suis arrivée hier
tu m'as écrit
            bonne route my love
et
            tu me manques ma douceur
j'ai le corps encore tout empreint de toi
gorgé d'amour
et du soleil
qui tapait si fort aux Saintes-Maries-de-la-Mer
là où crèche le roi des Gitans
là où la mer est laide comme une mégère
là où tu me montrais tes seins un autre été
j'ai le corps encore tout empreint de toi
je regarde la marque de tes dents sur le haut de mon bras
je me demande ce que tu as croqué
aujourd'hui
si loin de moi
ce matin j'ai acheté du melon des pêches un concombre
des tomates au marché
et puis, à l'épicerie, un sachet de bonbons chimiques
sur lequel il y a écrit happy life
ce serait le titre de ces semaines à venir
happy life pour violon seul

Johann Sebastian Bach

LUNDI 24 JUILLET

tout pour la musique
france gall
le vinyle est voilé
la chanteuse chante en boucle
avec la voix un peu cassée
        de nos jours
        y a des accidents d'amour
        de nos jours
        y a des passions qui tournent court
je ne sais pas pourquoi
j'ai tout de suite aimé
la petite chatte fauve
qui miaule puis qui me snobe
qui miaule avec la voix un peu cassée
me snobe du mépris plein ses beaux yeux
la chatte féroce qui assassine les insectes d'un coup de griffe
les laisse crever là sur la faïence blanche
des mouches noires encore un peu vivantes
qu'elle regarde agoniser un sourire dans les moustaches
la chatte farouche
qui parade sur la pointe des pattes
le long du muret du jardin
on se regarde de loin la chatte fauve et moi
dans nos solitudes de princesses criminelles
        de nos jours
        y a des fantômes même en plein jour

FRANCE GALL
Tout pour la musique

MARDI 25 JUILLET

gainsbourg percussions
1964
serge gainsbourg
je lance le disque une fois deux fois douze fois
je pense à autre chose
je n'arrive pas à l'écouter
jazz et boumboum
dans le téléphone
la voix de ma mère
d'abord enjouée puis qui soupire
            je voudrais déjà être à l'été prochain
je pense à autre chose
j'arrive à l'écouter
jase et blabla
uniquement parce que j'ai le sentiment confus
pas très bien identifié
qu'un jour ça me manquera
la voix de ma mère dans le téléphone
elle va mourir
je le sais je le sais
et plus personne ne me dira
            je voudrais déjà être à l'été prochain
sur la fiche du disque il est indiqué
les douze choristes n'ont pas été identifiées à ce jour
tu parles d'un destin

GAINSBOURG

MERCREDI 26 JUILLET

at the côte d'azur
ella fitzgerald with duke ellington and his orchestra
j'ai encore sur les lèvres
le goût de la pastèque au vinaigre balsamique
dévorée un été lointain au soleil sanglotant
presque un été d'adolescence
lorsque les jours n'avaient pas de contour
de bordure ni d'enceinte
lorsque les nuits se contentaient d'être nuits
je n'arrive pas à oublier
le goût doucereux et poisseux
qui me mettait au bord des lèvres le cœur
le goût du fruit rosé teinté de sombre
plein d'eau et plein d'acide
il aurait fallu vomir et ne jamais se souvenir
du fruit rougi teinté de noir
ça aurait été comme un feu d'artifice
comme une fausse couche admirable
le fœtus rougeâtre teinté de mort
poisseux et visqueux et doucereux
arraché de moi
empourprée à l'idée d'être enceinte
un pas de côté dans cette vie sans bordure ni contour
un été sur la côte
un été d'adolescence
aigre-doux
à Aigues-Mortes

LLA ON THE COTE D'AZUR DUKE
FRANÇOIS

JEUDI 27 JUILLET

solo quiero caminar
paco de lucia
au rythme du flamenco
j'ai frotté mes pieds longtemps
contre le bois du plancher au grenier
je le savais plein d'échardes
elles sont entrées
une à une
dans la chair noircie de mes pieds
noircie par la poussière et par la vie
les pieds criblés d'épines
j'ai descendu l'échelle du grenier
puis les trois volées d'escaliers
j'ai ouvert la porte
et suis partie sans la refermer
je me suis ruée dans la rue
poursuivie par le rythme des guitares
j'ai couru sur le bitume brûlant
jusqu'au buisson d'orties bourré d'abeilles brutales
j'ai piétiné les herbes méchantes
et laissé les insectes félons attaquer
la chair noircie, brûlée et transpercée
de mes pieds nus
je voulais seulement
me promener
un peu

Solo quiero caminar

VENDREDI 28 JUILLET

montand chante prévert
sur ce disque il y a une chanson
que j'écoutais quand j'attendais un bébé
          je n'attendais rien du tout
et surtout pas un bébé
et certainement pas elle
la vieillarde du siècle prochain
c'est quelque chose
de mettre au monde une petite vie
en sachant très bien
les peurs et les malheurs et les douleurs
qui l'attendent
          je n'attendais rien du tout
et surtout pas cet individu
qui marche avec moi
cahin-caha
sur les sentiers aventureux
sur les pavés casse-gueule
c'est quelque chose
d'espérer qu'un jour elle espère
de désirer qu'un jour elle désire
de trembler qu'un jour elle tremble
          je n'attendais rien du tout
mais ce monde-là
sans son froncement de sourcils
sans ses yeux où passent les nuages
sans sa bouche sépia
quelle idée saugrenue

montand
chante
prévert

SAMEDI 29 JUILLET

never mind the bollocks here's the sex pistols
à peine le disque posé sur la platine
ça hurle sous le diamant
applaudissements
cris d'une foule en délire
dans la maison tanière muette
ça fait un drôle d'effet
    le 29/07/2017 à 12 h 22
    ce correspondant a cherché à vous joindre
    trois fois sans laisser de message
je ne réponds plus à personne
dans la maison tanière aphone
la solitude la retraite le recueillement
j'essaye de faire ça bien
mais je monte le son
quand je pense à toi
fort très fort encore plus fort
je ne réponds plus de rien
quand je pense à toi
nue offerte impudique
qui hurles sous mes doigts
on mériterait
des applaudissements
et les cris d'une foule en délire
tant on fait ça bien
l'amour

NEVER MIND
THE BOLLOCKS
HERE'S THE
SEX PISTOLS

DIMANCHE 30 JUILLET

west side story
music by leonard bernstein
je rêve que quelqu'un joue du piano
touches noires touches blanches
dans le jardin il y aurait une tarte aux fraises
les miettes feraient une constellation
sur la nappe tachée de lumière
j'ai une idée parfaitement bourgeoise du dimanche
mais il n'y a personne
et je ne sais pas jouer du piano
je vis cet été solitaire avec la chair de poule
comme un caprice d'enfant sous la peau
le dimanche est un jour comme un autre
quand on est seul
parfaitement seul
poule noire poule blanche
je ne sais pas laquelle des deux
est la poule à l'œuf d'or
que je trouve chaque matin et que je mange chaque soir
avec une joie d'enfant sous la peau
découvrir chaque jour un nouveau butin
surprise garantie émotion assurée
dimanche ou pas dimanche
blanchir deux ou trois légumes
noircir quelques pages
demain est un autre même jour

WEST SIDE STORY

LUNDI 31 JUILLET

grande fugue en si bémol majeur
ludwig van beethoven
dans un mois tout pile
dans le silence de ton sommeil
un scalpel entrera sous ta chair
un bistouri bousillera ta peau
un homme que je ne connais pas
t'enlèvera les seins
et te sauvera
tes seins aux tétons grenadine
qui me rendent ivre et captive
un homme que je ne connais pas
me les volera
        ma belle endormie mon icône ma gredine
        ma sainte
tu te réveilleras
        mon alien ma mutante ma créature légendaire
        ma sauvée ma sacrée
tu te réveilleras et tu seras autre et tu seras toi
et je collerai mes lèvres à tes tétons grenadine
et tu me rendras ivre et captive
mais à qui je peux dire
que je voudrais que tu fugues
que tu te sauves
à qui je peux dire
que je préférerais
qu'on ne te sauve pas

LUDWIG VAN BEETHOVEN
QUATUOR VEGH

MARDI 1ER AOÛT

the rise and fall of ziggy stardust and the spiders from mars
david bowie
to be played at maximum volume c'est écrit sur la pochette
seule la side one ne saute pas
five years soul love moonage daydream starman it ain't easy
j'avais vingt ans quand mon avion a atterri à Montréal
vivre seule enfin orpheline pour la première fois daydream
j'avais vingt ans et j'arpentais Montréal
sur ma fidèle bicyclette destrier rose
écrasée par la chaleur accablante je rêvais de l'Amérique
dans mon corps qui débordait soul love
je rêvais de routes déroulées à l'infini
de villes gargantuesques à l'asphalte fumant
de porter des shorts en jean et des lunettes fumées
de boire à la paille des sodas sucrés glacés
de croiser dans des quartiers mal famés des gangsters glaçants
je rêvais en pédalant je rêvais en pleurant
dans la solitude moite du mois d'août
accablée par la chaleur écrasante de l'autre côté de l'Atlantique
je me faisais mon petit film starman
moi l'Américaine une star de cinéma une qu'on n'oublierait pas
bande originale par David Bowie pourquoi pas
mais il aurait fallu être du côté de ceux
qui boutent les Indiens hors de chez eux
je me faisais mon petit film
plutôt apache que cow-boy
to be played at maximum volume
j'avais vingt ans it ain't easy, it ain't easy

DAVID BOWIE
ZIGGY STARDUST

MERCREDI 2 AOÛT

enregistrement public à l'olympia
michel sardou
j'ai choisi le disque un peu comme ça
parce que je ne le connais pas
je n'écoute pas vraiment
je virevolte dans toutes les pièces
pour ranger un objet arranger une babiole
je vais laisser la maison tanière
oh seulement deux jours
mais j'ai l'impression d'être infidèle
          une femme volage
je vais retrouver des copains
dans une autre bourgade dans une autre maison
traverser la France pour boire des coups
il y a des choses à fêter après toutes ces émotions
je laisse ma vieille amie
ses poules ses chattes ses murs décrépis
          moi les émotions ça me rend tout blême
il chante ça, Michel
et puis après les gens hurlent
          une autre une autre une autre
on dirait un bal populaire une fête foraine
la maison tanière avec Michel Sardou
c'est un peu triste et un peu gai
comme une tromperie
          on est là pour boire un coup
          on est là pour faire les fous
et moi qui virevolte partout
          blême et infidèle

ANDRE
MICHEL
SARDOU

VENDREDI 4 AOÛT

nino and radiah
nino ferrer
paresse des langueurs de l'été
caresses des longues heures enfermée
tendresse des ombres alanguies
we call it the south cause time is so long there
c'est la première année que j'aime ça
la lumière assassine la brise brûlante
la route des crêtes en décapotable rouge
les belles personnes dans un château avec piscine
le rosé qui coule à flots les corps glorieux la nuit venue
l'indolence l'insolence
comme au cinéma
ou dans un roman de Françoise Sagan
quand j'arrive enivrée de la vie en technicolor
dans le jardin pudique de la maison tanière
accueillie comme une vedette
par les miaulements naïfs des chattes ordinaires
me saute au nez
le parfum
un peu fétide un peu modeste
des fruits
tombés des arbres
rôtis au soleil couillon
là-haut, le grenier au bois bavard et vermoulu
    tanière
et là, les draps râpeux les livres habituels la table imbécile
    maison

NINO FERRER
Nino and Radiah

SAMEDI 5 AOÛT

there it is
james brown
insoutenable à écouter
je n'arrive même pas au bout de la side one
j'enlève le disque
silence voilà silence ta gueule putain
je voudrais entendre ma fille vivre près de moi
trois semaines que je n'ai pas récité
la comptine qui la fait rire
trois semaines que je n'ai pas épié
le feu d'artifice que font ses yeux
ma fille
ma toute petite fille
ma toute petite fille qui pétille
je parle aux chattes comme je parle à l'enfant
avec la même grosse voix pour les disputer
avec la même voix câline pour les rassurer
je deviens sans doute un peu folle
perdue dans ma lignée
plus de mère plus d'enfant
la solitude brute avec mon reflet de vieux matou
le silence sans comptine me fait miauler à la mort
à la tombée du jour
vieille maman mammifère
qui cherche en tournant en rond
ses chatons noyés

Atlas
Eliott
JAMES BROWN

DIMANCHE 6 AOÛT

l'oiseau de feu
stravinsky dirige stravinsky
un vrai dimanche cette fois
la cloche de l'église le marché les fruits les légumes
le petit café de onze heures en terrasse
des invités invités à déjeuner dans le jardin
des miettes qui font une constellation
sur la nappe tachée de lumière
un bébé des chapeaux de paille peut-être une sieste
et même au loin le bruit d'un cirque
un dimanche bourgeois
je caresse l'idée de ne pas
    revenir
de ne jamais rendre la maison tanière
princesse dans mon château fort
princesse autarcique
princesse aux ongles sales
sur la pochette du disque on peut lire cette histoire
Ravel ayant adoré le Sacre du printemps
composé après l'Oiseau de feu
dit à Stravinsky à propos de ce ballet
que voulez-vous
il fallait bien commencer par quelque chose
voilà
un vrai dimanche
il faudrait faire ça
oui
commencer par quelque chose

STRAVINSKY
STRAVINSKY

LUNDI 7 AOÛT

beethoven
trois sonates pour piano
pathétique / appassionata / op. 49 n° 2
c'est l'appassionata que j'écoute
la sonate en fa mineur
mes idées divaguent
je pense à toi
ma passionnée je pense à toi
à cet autre temps d'une autre année
où deux jours loin l'une de l'autre
faisaient comme une brûlure mortelle
il y avait une flamme dans nos deux ventres
allumée par la même allumette
cet été deux mille dix-sept les jours s'écoulent innombrables
dans la tendresse sage et l'attente pieuse
mais vivement mon adorée
mes doigts en toi
avec au bout une allumette
d'abord au bord
et puis loin loin loin
tes lèvres mordues
mes questions suspendues
pas besoin de demander
si tu aimes ça
oh que oui tu aimes ça
pas besoin de demander
si tu veux encore
oh que oui tu veux encore
en fa mineur le feu dans ton ventre

Beethoven 3 sonates pour piano / Friedrich Gulda
Pathétique / Appassionata / Op. 49 Nº 2

MARDI 8 AOÛT

the clash
london calling
dès potron-minet
à fond les ballons
dans la maison tanière
qui se trémousse tout entière sur Jimmy Jazz
impossible de ne pas avoir envie de danser
essayez pour voir
en écoutant Jimmy Jazz volume maximum
pour mon dernier petit matin de solitude
est-ce que vous entendez, là-bas, au fond du jardin
est-ce que vous entendez bien, les poules
est-ce que vous balancez du cul
les habitants de la maison tanière vont revenir
il va y avoir des pas dans les escaliers
des bruits des cris des vies
les escaliers vont trembler
les parquets vont craquer
les chattes vont ronronner
dans trois deux un driiing the clash
quand je suis venue pour la première fois dans cette maison
j'étais une fieffée pleureuse cloîtrée dans le chagrin
maintenant je me trémousse sur Jimmy Jazz
il n'y avait que quatre personnes qui vivaient ici
maintenant il y a le petit dernier, André, et ses drôles de phrases
ça fout le vertige
à fond les ballons

The Clash
LONDON
CALLING

MERCREDI 9 AOÛT

the trio
1940-1941
nat « king » cole
j'écoute la side deux tout doucement
tout près de la platine l'oreille collée à l'ampli
à l'heure de la sieste
la maison dort à tous les étages
New York octobre 1941
à quoi ça ressemble
un automne à New York en 1941
les feuilles mortes à Central Park
les couleurs dorées de fin d'après-midi
sur les briques et les passantes pressées
derrière le piano l'élégance de Nathaniel Cole le roi
à Manhattan peut-être que ça sent la mer
ici les ombres s'allongent
chaque soir sur le chemin que je prends
pour grimper dans la colline
chaque soir à la même heure
la lune est pleine et grosse et rousse
les orages ont détrempé les vignes
on dirait presque l'automne
un automne pressé un automne doré
ce matin Mathieu a dit
en regardant par la fenêtre son potager retrouvé
comme un roi son domaine
il a dit

ça y est on a tourné l'été

NAT 'KING' CO
THE TRIO
1940-1941

JEUDI 10 AOÛT

trente-deux hits
elvis forever
d'un king à l'autre
tous les habitants d'ici dansent un peu
moi je n'écoute que d'une oreille
la voix du roi du rock'n'roll
cette nuit
la porte de ma chambre s'est ouverte
j'ai demandé
    c'est qui
et c'est ta voix qui a répondu
    c'est moi
j'ai demandé
    c'est qui moi
et tu as murmuré ton prénom
je n'en ai pas cru mes oreilles
il n'y a que toi pour faire ça
prendre des trains de nuit à travers la plaine
mentir avec dans tes bottes des montagnes de questions
ma rôdeuse ma brodeuse
il n'y a que toi pour faire ça
entrer dans une maison endormie où personne ne t'attend
à six heures du matin
et te glisser nue contre moi nue
laisser mes mains te caresser
mes mains qui n'en croient pas leurs yeux
je n'écoute que d'une oreille la voix du roi que tu détrônes
c'est toi la reine la reine de cœur
il n'y a que toi pour faire ça
la vie aussi rock'n'roll

ELVIS
FOREVER
32 HITS

VENDREDI 11 AOÛT

images - children's corner
claude debussy
c'est toi qui choisis le disque
tu le poses sur la platine je pose ma tête sur ton ventre
on écoute ensemble
reflets dans l'eau on ne fait rien d'autre que ça
écouter ensemble
dehors la bruine monocorde le froid d'été le vague à l'âme
dedans la paix bénie le temps suspendu la tendresse confuse
dans mon ventre à moi c'est la tempête
débâcle dans le children's corner
j'attends le sang entre mes cuisses
            le sang du ventre vide
le sang de l'œuf pas fécondé
tu chantes en déchiffrant toutes les partitions
dans cette langue que je ne sais pas parler
j'ai la gorge serrée de penser que
tes frissons devant les outrenoirs
sont exactement les mêmes que
mes frissons devant les outrenoirs
le ventre vide peut-être
mais
les bras grands ouverts
les yeux remplis
le cœur plein
tu fais salle comble dans mon corps

CLAUDE DEBUSSY
LA BÊTE HUMAINE
RIO GRANDE

SAMEDI 12 AOÛT

do brasil
c'est bien trop gai
cette musique
pour ton départ dans la brume
en chemin de fer
pour mon départ dans le brouillard
sur un autre chemin
clap de fin des jours ici
je ferme la porte de la maison tanière
          merci pour
les orages rouges
les pierres complices
les esprits frappeurs farceurs
les parquets qui dansent
les silences qui pleurent
les absences les présents
les gestes échappés
les vivantes vivantes
les fantômes outrenoirs
          merci
sur la pochette intérieure
du vinyle de musique brésilienne il y a écrit
rangez vos disques verticalement et légèrement serrés
je ferme la porte je vais essayer face à ce qui m'attend
de me tenir
verticalement

do brasil
23

Les jours couchés

Été 2019.

Je passe à nouveau deux semaines, seule, dans la maison de mes amis A. & M.

Chaque matin, je me couche par terre dans une des pièces de la maison.

Je reste allongée un long moment sur les différents sols.

Je fais une photographie des différents plafonds.

J'écris un poème sur chacun d'entre eux.

Je garde ainsi une trace de ces jours où je reste couchée.

MERCREDI 10 JUILLET

couchée couchée couchée
impossible de tenir debout
impossible de tenir
debout je ne sais plus me servir de mon corps
je titube je dérape
impossible de tenir
hier jour zéro
j'ai passé plus de dix-sept heures au lit
les yeux fermés les yeux ouverts
je regardais vaguement les lueurs du dehors
à travers les volets
à me demander s'il était plutôt midi ou
minuit
je n'ai fait que ça
être couchée
hier jour zéro complètement K.O.
comme une boxeuse
je me prends l'uppercut reçu il y a plus d'un an
dans la mâchoire
un roman mon premier roman
un roman aux Éditions de Minuit
toute la France sillonnée pendant presque un an
toute la France sillonnée pour parler de ce roman
mon premier roman aux Éditions de Minuit
sous le drap je rêvasse
je ressasse
ici dans cette maison j'avais écrit un bout de ce roman
mon roman aux Éditions de Minuit
j'ai eu envie de re-commencer
mais rien, non rien, vraiment rien ne sera plus jamais comme avant

JEUDI 11 JUILLET

je voudrais du silence
tais-toi la vie tais-toi l'été
mais il y a tous ces bruissements
les feulements rêches des draps revêches
le bordel des mouches qui vibrionnent
la fièvre de celle qui se pose toujours sur ma bouche
sur ma lèvre inférieure
celle qui désire
tes morsures
l'eau qui suinte le long des murs
les bêtes que j'entends marcher
dans le grenier
des pigeons truands des loirs pendards
qui progressent sur ma tête
tout mon corps est pour vous
insectes animaux
même vous, végétaux
grignotez-le
je ne peux pas le bouger
corps immobile yeux fixes vie couchée
mise à terre
fauchée
vie renversée rabattue étendue
faites un grand festin
les moucherons les petites araignées venez donc
les boutures sortez de mes narines sortez de mes oreilles
poussez en moi décortiquez-moi rongez-moi
puisqu'on ne peut pas faire taire l'été
faites de moi votre monde
je vous en conjure

VENDREDI 12 JUILLET

longtemps je me suis couchée
dans cette chambre qui donnait sur la rue
une rue de banlieue
une rue bordée de maisons en meulière
il y avait un placard un grand placard
dans cette chambre qui donnait sur la rue
avec un bouton argenté
pour ouvrir la porte du placard
je me hissais sur mes petites jambes
et je contemplais mon reflet
tout petit reflet
dans ce bouton argenté
un reflet déformé
tout petit reflet déformé
dans ce petit cercle argenté de rien du tout
c'était moi
ce tout petit reflet déformé de petite fille
une petite fille avec le vague à l'âme
née comme ça
l'âme déformée comme le visage
il y avait deux choses importantes
dans cette chambre
où longtemps je me suis couchée
le petit bouton argenté du placard
et la lumière loyale du lampadaire
que je percevais par la lucarne
quand il s'allumait
quand l'orangé venait caresser le plafond
je savais qu'il était temps
de fermer les yeux

SAMEDI 13 JUILLET

j'énumère les autres plafonds
celui de chez mes grands-parents
plafond terrifiant
celui de la première fois où j'ai fait l'amour
plafond complice
celui de la rue de Cronstadt
mon premier plafond d'adulte
celui de la chambre où elle est née
plafond malfaisant
avec un néon que j'aurais pu fracasser à mains nues
tant c'était inconcevable
qu'une telle lumière vienne toucher les yeux de ma lumière
celui de la chambre des Lilas
celui de la chambre d'hôpital
bardée de fils et de tuyaux
celui de l'antichambre du ciel
où j'ai habité un hiver
hier ou avant-hier
du lit je voyais les nuages
je passais des journées couchée sur le dos
absentée du monde
absentée de moi-même
je ne suis pas là pour le moment
veuillez laisser un message
je voyais des oiseaux traverser les carreaux
je m'inventais prêtresse antique
augure disant présages
depuis le silence depuis l'absence
il me restait ce pouvoir d'écrire
la bonne aventure

DIMANCHE 14 JUILLET

jour de marché jour du seigneur jour de fête
fête nationale
j'entends qu'on installe tout
sous mes fenêtres
un vrai remue-ménage
sur la place du village
les bancs les tables la scène
acier contre acier
acier national
quand la fanfare fait son entrée
par la grand-rue
je me rue dans les escaliers
c'est plus fort que moi
je ne peux pas rester couchée
alors que sous le soleil
brillent les ors et les cuivres
des instruments aveuglants qui beuglent
des airs désarçonnés
à la gloriole nationale
mais seigneur serait-ce une larme
qui roule sur ma joue
quand retentit l'hymne national
c'est peut-être seulement la réverbération
d'un rayon sur les clairons
ça coule de plus belle sur mes joues
en regardant danser les vieillards
c'est plus fort que moi
il aurait mieux valu
rester couchée
au lieu de faire le fanfaron

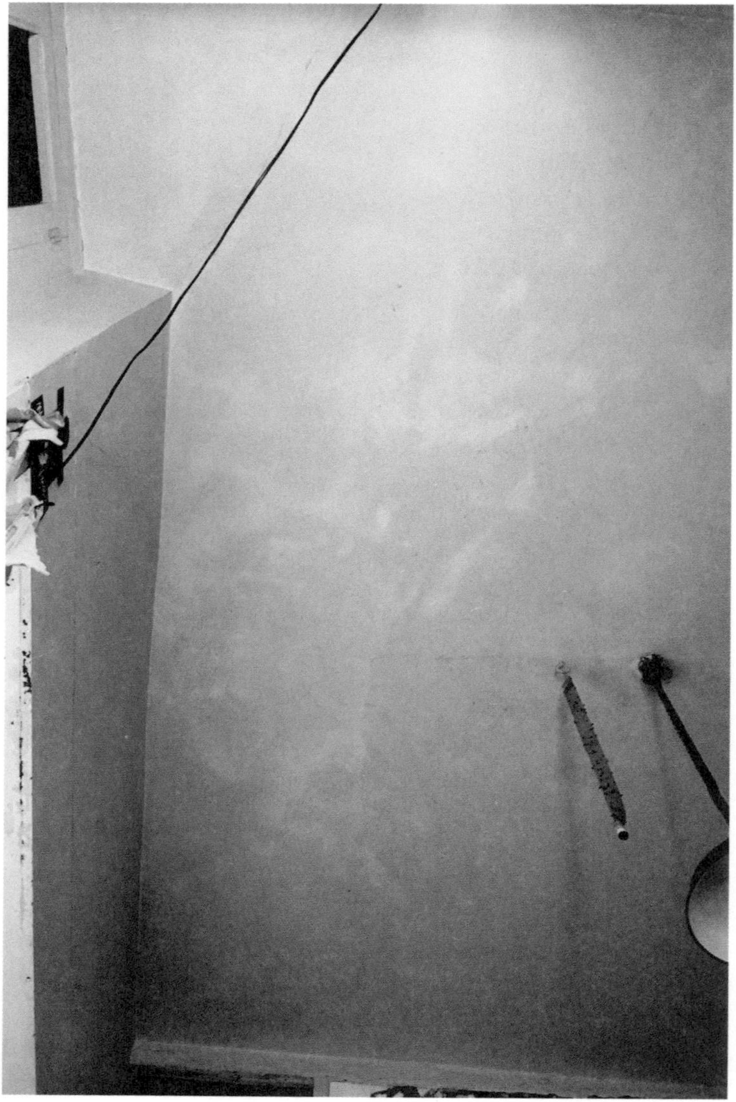

LUNDI 15 JUILLET

j'écoute le menuet en sol mineur
de Haendel je l'écoute en boucle
je ne l'écoute pas en vinyle
cette année pas de vinyles et pas de poules
pas d'œuf à la coque chaque jour
comme une nostalgie qui grimpe partout
que j'essaye de couper à la racine
cette année pas de vinyles pas de poules et pas de surprises
pas de corps à caresser au petit jour
comme une nostalgie qui pousse malgré tout
nostalgie chienlit
cette année je suis cachée je suis couchée
je ne bouge plus
chut je dors
je disais ça à ma fille lorsqu'elle était très petite
je lui disais chut je dors
mais dormir c'est comme mourir c'est laisser les autres
seuls au monde
je faisais semblant le temps qu'elle s'endorme
et alors seulement je pouvais dormir à mon tour
je me suis couchée
sur le sol de la cuisine
un sol en pierres mauvaises
le sol mineur
je voulais voir ce que ça fait
de se coucher là où on ne devrait pas
mon père m'a écrit que quelqu'un de ma famille est mort
il m'a écrit il est mort à la sieste
il a ajouté
dans son sommeil le truc parfait

MARDI 16 JUILLET

un jour sur deux je descends
au plus profond de la maison
un jour sur deux j'ai le corps
dans ses entrailles
son ventre grince
son ventre est humide
son ventre fait peur
un jour sur deux j'ouvre ses tripes
pour amorcer la pompe
au fond de la maison
tout au fond au fond du fond
sous le béton qui recouvre la pierre
sous la pierre qui recouvre la terre
sous la terre
il y a un gouffre, il y a un puits
j'ouvre la pompe qui puise l'eau
qu'il y a sous la terre
tout au fond du ventre humide
et avec cette eau j'arrose
les plantes qui sortent de terre
dehors là-haut à la lumière
on naît eau on meurt terreau
entre les deux il y a des maisons
des ventres qui font peur et parfois un peu de lumière
un jour sur deux je descends
dans les boyaux de ma tanière
c'est un secret bien gardé
même si on a tous n'est-ce pas
au fond de nos entrailles
des gouffres sombres et cachés

MERCREDI 17 JUILLET

comme un adoucissement
dans le petit atelier d'artiste
j'ai longuement regardé
le trou dans le plafond
qui donne sur un autre plafond
ça m'a filé un drôle de vertige et
les couleurs vertes m'ont un peu tourné
la tête
comme un adoucissement
à la sieste je me suis évanouie
dans un sommeil heureux
avec la satisfaction qui me vient de l'enfance
quand je savoure ma chance
d'avoir un toit au-dessus de
la tête
deux toits sur moi
dans un coin de l'atelier
contre une fenêtre côté jardin
j'ai observé sans bouger sans ciller
des araignées tricoter leur toile
le jour rendait leurs fils dorés mordorés
elles étaient blanches elles étaient cinq
cinq araignées blanches
la tête
qu'elle aurait faite
ma fille
si elle avait vu ça
comme un adoucissement
je travaille sur mes pages blanches
une sixième araignée côté jardin

JEUDI 18 JUILLET

l'odeur du chlore à force
m'est entrée sous la peau
il y en a dans mes veines
c'est sûr
les odeurs
de la poussière du grenier
du potager au petit matin
du seau de pisse sur le palier
de la courgette sur mes doigts
du shampoing au lait végétal
            assouplit et fait briller
m'ont tissé un nouvel habit
et ton odeur à toi
elle est où
elle est passée où
tous ces kilomètres que j'avale
chaque jour
la tête sous l'eau
sans boire la tasse
tous les kilomètres se passent
avec cette idée qui me tracasse
et ton odeur à toi elle est où
dans le livre que je lis
quand il est question du soleil de midi
c'est à toi que je pense
à toi et à ton odeur
dont je voudrais me faire un habit
un costume pour la nuit
une robe pour assouplir et faire briller
mon cœur rêche de ton absence

VENDREDI 19 JUILLET

aujourd'hui me lever aujourd'hui ville
aujourd'hui asphalte feux de signalisation
aujourd'hui voitures autoradio passages piétons
aujourd'hui percolateur croissant au beurre
aujourd'hui famille de bourgeois paniers de paille
aujourd'hui France Musique opticiens kebabs
et puis être la première
pour m'offrir
devant les outrenoirs
le grand silence pieux
et puis ne pas être la première
mais m'offrir
devant les monochromes
le grand amusement malicieux
mon âme sursaute du noir au bleu du bleu au noir
aujourd'hui menue monnaie comptoir en zinc
aujourd'hui sucre candi aujourd'hui mes cinq ans et demi
aujourd'hui verre pour boire aujourd'hui jupe
aujourd'hui bonjour merci au revoir
aujourd'hui humains partout trop d'humains
aujourd'hui téléphones aujourd'hui GPS
et puis m'offrir
au milieu des livres
le grand repos bienheureux
et puis m'offrir
devant la rencontre avec une statue en grès
les grandes larmes les grandes larmes inconsolables

SAMEDI 20 JUILLET

ici pas de silence
la maison est plus vivante que moi
elle est plus vigoureuse plus affairée
elle m'entoure
elle me veille
moi qui garde le lit les lits les livres
elle me soigne
comme une mère
comme une mère comme un père
    mes parents gardaient aussi les lits les livres
la maison me protège
elle me borde le soir
elle me caresse le front le matin
je pense à eux mon père ma mère
avec la maison à mon chevet
il y a longtemps que je n'ai pas entendu
la voix de mon père la voix de ma mère
je sais comment faire
un coup de téléphone
c'est simple si simple
mais parfois cette question
me déchire en deux
me foudroie en pleine rue
m'attache au sol au lit aux lits
comment je ferai
quand je ne pourrai plus jamais
jamais jamais jamais
entendre
la voix de mon père la voix de ma mère

DIMANCHE 21 JUILLET

j'ai été réveillée
par le ciel qui tremblait
un orage du matin
notre dernier tête-à-tête
je me suis rendormie
le cœur battant
sous la pluie battante
notre dernier corps-à-corps
un café et des tartines
pain de seigle marmelade de citrons
les miaulements de la chatte
notre dernier vis-à-vis
sur le bocal de marmelade
il y avait écrit
soleil du pays
notre dernier mot à mot
au marché j'ai acheté
trois fois rien
puisque je m'en vais bientôt
à la friperie j'ai acheté
un pull comme un tableau de Soulages
pour me souvenir
de ces jours ici
de ces jours couchés
animale dans ma tanière
passés à attendre que la vie passe
pour me souvenir
que les murs m'ont regardée
me remettre sur pieds
soulagés

MAIN-INVASIONS BARBARES
Ostrogoths
Francs
Peuples germaniques

LUNDI 22 JUILLET

il était près de sept heures
sept heures du soir
au milieu du chemin
sur l'arbre qui penchait
j'ai cueilli
une figue
verte et ronde et tiède
je l'ai ouverte
en deux
deux moitiés
de figue verte
et ronde et tiède
à l'intérieur c'était presque palpitant
avec de longs fils emmêlés
jaune
blanc un peu parme
comme dilué à l'eau de rose
moi qui avais soif
j'ai mordu
dedans
avec la peau
avec le jus
j'ai tout mis dans ma bouche
tout
c'était doux
et aussi sucré et aussi tiède
j'ai eu le cœur qui a palpité
ça ressemblait
au sexe d'une femme
j'ai tout mangé

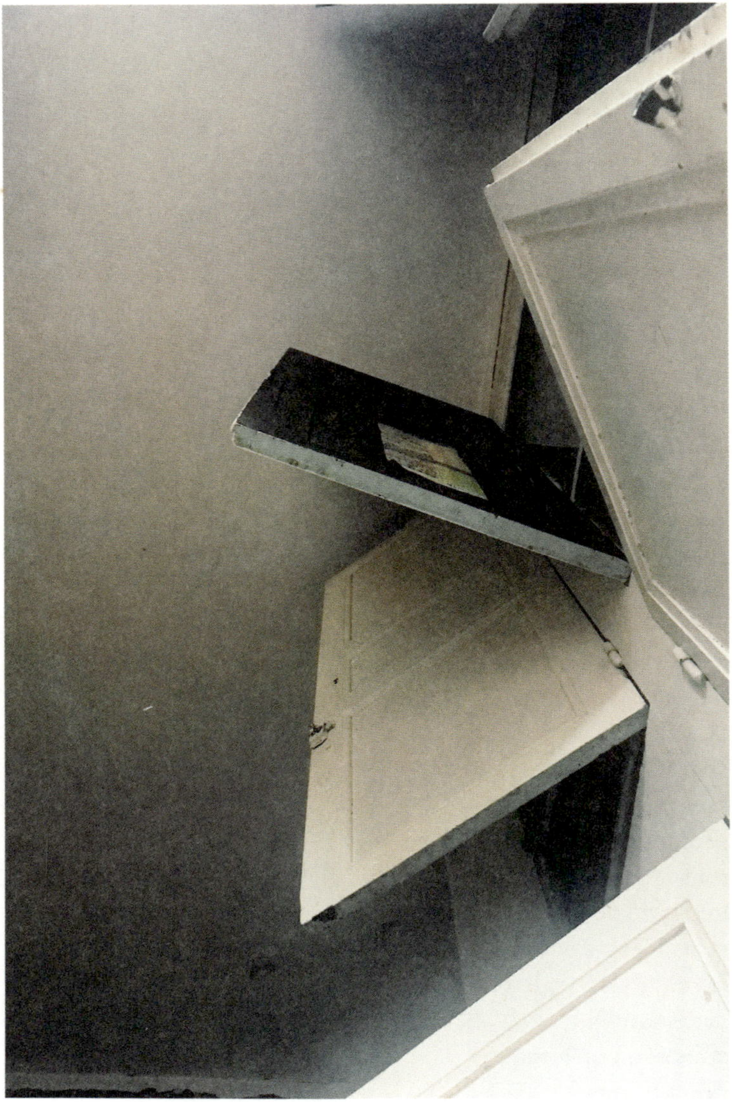

MARDI 23 JUILLET

ce jour étrange
où je dois partir
et pour partir me lever
ne plus rester couchée
quitter la chambre quitter la chatte
abandonner le jardin
fermer la maison
quand on se lève trop vite
ça donne le tournis
je me sens comme
un nourrisson
comme un bébé qui
vient au monde
j'aurais besoin d'une carapace
pour m'habituer
à la nouvelle personne
qui vit dans mon espace
je me sens comme
un bébé
comme un enfant qui
se met à marcher
ça donne un sacré vertige
j'aurais besoin de protections
pour ne pas me cogner trop fort
je ne sais plus exactement
où j'habite où je me situe
je ne sais plus exactement
comment je m'appelle
je ne sais plus très bien
quel est mon prénom

De la même autrice

ÇA RACONTE SARAH

Éditions de Minuit, 2018
Prix France Culture – Télérama

AVEC TOI

Illustré par Hifumiyo
Thierry Magnier, 2019

LE DÉGÂT DES EAUX

Illustré par Camille Jourdy
Thierry Magnier, 2020

Toutes les photographies sont de l'autrice.

Couverture et conception graphique : Quintin Leeds
Révision : Isabelle Paccalet et Anaïs Pournin
Photogravure : Les Artisans du Regard

© L'Iconoclaste, Paris, 2021
Tous droits réservés pour tous pays.

L'Iconoclaste
26, rue Jacob, 75006 Paris
Tél. : 01 42 17 47 80
iconoclaste@editions-iconoclaste.fr
www.editions-iconoclaste.fr

Achevé d'imprimer sur les presses de l'imprimerie Corlet
à Condé-en-Normandie en février 2021.

ISBN : 978-2-37880-195-3
N° d'impression : 21020252
Dépôt légal : Avril 2021

L'Iconopop

Des textes brefs, intimes
et percutants
Des formes libres et variées
Cris de colère, récits ou poésies

Une littérature d'aujourd'hui
crue et sans tabous

À lire, à dire
À écouter
À vivre sur scène

Dans la même collection

LA FAIM DE LEUR MONDE
Akhenaton

DÉCOMPOSÉE
Clémentine Beauvais

BRÛLER, BRÛLER, BRÛLER
Lisette Lombé

LE DÉRÈGLEMENT JOYEUX DE LA MÉTRIQUE AMOUREUSE
Mathias Malzieu & Daria Nelson

DES FRELONS DANS LE CŒUR
Suzanne Rault-Balet

Une collection dirigée par Cécile Coulon et Alexandre Bord